SOMBRAS DE SUEÑO

MIGUEL DE UNAMUNO

DRAMA EN CUATRO ACTOS

PERSONAJES

DON JUAN MANUEL DE SOLÓRZANO
ELVIRA, su hija
TOMÁS, criado de la casa Solórzano
RITA, su mujer
JULIO MACEDO
LA MAR

ACTO PRIMERO

ESCENA PRIMERA

SOLÓRZANO y TOMÁS

SOLÓRZANO: Otro año más de desgracia, Tomás... A este paso... Nada, que tengo a Dios de espaldas.

TOMAS: Cierto, señor; hogaño ha sido fatal... Con estos tiempos... Dios no quiere llover. Mas no desespere...

SOLÓRZANO: Mi pobre hacienda, lo que me queda de la antigua hacienda de los Solórzano, siempre más honrada que opulenta, mengua de un modo alarmante, y a ti, al viejo criado de la casa, a ti que eres como de la familia más bien...

TOMÁS: Mi padre fue criado del suyo, de su abuela mi abuelo...

SOLÓRZANO: A ti que estás en todos los secretos de esta hoy pobre casa, debo decirte que temo su ruina completa, si Dios no lo remedia...

TOMÁS: ¡En viviendo yo, no!

SOLÓRZANO: Sí, ya lo sé, Tomás, ya lo sé...

TOMÁS: Lo mío es suyo y basta para no morirse de hambre. Usted me ha hecho hombre...

SOLÓRZANO: Y créeme que no lo temo por mí, sino por mi pobre hija, por la pobre Elvira... El último retoño de los Solórzano de esta isla. ¡Y una hija! ¡Una mujer! Ni mi nombre va a quedar en esta isla que descubrió, conquistó y colonizó mi antepasado don Diego... (Señala un gran retrato al óleo que cuelga de la pared.) Y a cuyo estudio he dedicado mi vida...

TOMÁS: Cierto, señor. Nadie sabe de ella lo que usted sabe. Porque ¡cuidado que ha recogido libros en su librería!

SOLÓRZANO: Sí, sí, creo tener todos, todo lo que sobre nuestra isla se ha escrito, directa o indirectamente; todo libro en que se haga mención de ella o de sus hombres. Y luego el archivo de don Diego de Solórzano y de sus sucesores... ¡Una riqueza!

TOMÁS: Y la hacienda...

SOLORZANO: Sí una pobreza. Enriqueciendo el alma, la historia, me he empobrecido. ¿Te pesa, Tomás? Porque te he arrastrado en mi ruina... ¡Perdónamelo!

TOMÁS: ¿Yo? ¿Yo tener que perdonar al señor? Si se lo debo todo... ¡Más que la vida..., el alma! Le debo lo poco que sé; le debo el no vivir como las bestias; le debo el ser de esta casa..., de la casa. Tuviera yo mil vidas y se las daría para que siguiera empobreciéndose en enriquecer esa historia...

SOLÓRZANO: (Emocionado.) Gracias, Tomás, gracias. Comeremos del mismo pan. Pero lo que más me acongoja es esa pobre hija, hija mía, esa pobre Elvira... Sola, siempre aquí sola... aislada. ¡Qué terrible palabra esta de aislamiento! Solo los que vivimos en una isla así, sin poder salir de ella, lo podemos comprender... Va para los veintidós y no he podido aún sacarla decentemente. Y aquí se consumirá... (Se enjuga una lágrima.)

TOMÁS: No se apesadumbre, señor. ¡A lo hecho, pecho, y cara al viento!

SOLÓRZANO: ¡Aquí se consumirá, aislada y... soltera! ¿Va a casarse con cualquiera de estos patanes? Ni aun la quieren... por pobre. Solórzano no les dice nada. ¿Va a venir nadie de fuera a buscarla? Y ella no puede salir, ni... para eso... debe. Aquí se consumirá aislada y sin consuelo. Y la pobre corderita ni se queja... No se queja, ¿eh, Tomás? Tu mujer, Rita, su ama de cría, la que le ha hecho de madre desde que mi pobre Rosa se murió al darla a luz, tu Rita, ¿no le ha oído quejarse?

TOMÁS: Jamás, señor, que yo sepa. Y además su hija tiene un consuelo...

SOLORZANO: ¿Cuál?

TOMÁS: ¡El mismo de usted...: los libros!

SOLÓRZANO: Que por cierto ahora le trae como loca esa historia de Tulio Montalbán, el caudillo de las luchas de aquella republiqueta, que escribió, luego de muerto Tulio, su suegro. Y me parece que mi pobre Quijotesa hasta se halla enamorada de él...

TOMÁS: Algo hay de eso. A Rita no le habla de otra cosa. Se lleva el libro a todas partes; con él se pasea; con él se acuesta; con él duerme, con él sueña...

SOLORZANO: Dirás que con Tulio, el héroe...

TOMÁS: No, sino con el libro, pues que al hombre no le ha conocido...

SOLÓRZANO: ¿Y qué quieres que haga, la pobre?

TOMÁS: A mi Rita la abraza y mostrándole el retrato ese del libro, le dice: "Pero ¿no ves qué hermoso? ¿Qué arrogante?" Y creo que cuando se va con el libro a orillas de la mar es a ver si resucita el hombre... Porque me parece haber oído que se murió...

SOLÓRZANO: Al menos así dice esa historia.

TOMÁS: A ver si resucita y pasa y...

SOLÓRZANO: Se la lleva.

TOMÁS: ¡Quién sabe!

SOLÓRZANO: El príncipe encantado y encantador. Y eso ¿lo sabe...?

TOMÁS: ¡Toda la isla! Y todos hablan de la extraña manía de la señorita Elvira...

SOLÓRZANO: De la pobre Elvira... Y se ríen...

TOMÁS: "¡Cosas de la Solórzano!" dicen.

SOLORZANO: De la pobre Solórzano..., de la pobre... Y esto es lo que más amarga mis años. Porque estos patanes...

TOMAS: Aquí todo el mundo le respeta, señor.

SOLÓRZANO: Me compadece, Tomás, me compadece, que no es lo mismo. Y un descendiente de don Diego de Solórzano no quiere, no debe, no puede ser compadecido por los descendientes de aquellos a quienes dio la isla... Mas hablemos de otra cosa. ¿Quién es ese hombre extraño...?

TOMÁS: ¿Ese que llegó en un barco de paso y se quedó como a descansar unos días y no se va...?

SOLÓRZANO: ¡El mismo!

TOMÁS: Nadie lo sabe y todos hablan de él. Es la novedad...

SOLÓRZANO: Una novedad que, como todas, se va ya haciendo vieja, una vieja novedad...

TOMÁS: Con nadie se relaciona; paga lo que gasta, se pasea y ni se le ve hacer nada... Ni lee...

SOLÓRZANO: ¿Que no lee?

TOMÁS: Parece que no...

SOLÓRZANO: Hombre extraño, en verdad...

TOMÁS: Se habla ya de sus cosas...

SOLÓRZANO: Sí como de las mías... "¡Cosas de Solónano!" ¡Mentecatos! Ellos no tienen cosas..., las cosas son ellos... Sí, sí, ya sé que ese majadero de Saldaña dice:

"¡solorzanadas!" Pero no tengas cuidado, que jamás se dirá: "¡saldañadas!", porque esa cosa no tiene nada propio... , ni el sentido. Pero dejémosles. Y el hombre ése, ¿se llama...?

TOMÁS: Julio Macedo, y es de allá..., ultramarino.

SOLÓRZANO: Me interesa como historiador ese hombre. Averigua lo que puedas acerca de él. No me resigno a ignorar..., no debo ignorar nada de lo que en la isla pase, y ya que ha caído en ella, pertenece a su historia...

TOMÁS: Pero si no hace nada...

SOLÓRZANO: ¿No dices que dicen que tiene cosas? Esto basta. Todo el que tiene cosas, que no es cosa, pertenece a la historia... Averigua...Mas aquí llega Elvira...

ESCENA II

SOLÓRZANO, TOMÁS y ELVIRA

ELVIRA: (Al entrar, con el libro en la mano, va a besar a su padre.) ¡Buenos días, papá! ¡Buenos días, Tomás!

SOLÓRZANO: Qué, ¿a pasar el día..., otro día más...?

ELVIRA: ¡No te pongas así, papá! Ya te tengo dicho que me hago cuenta de todo y vivo resignada. Tú lo sabes, Tomás; lo sabe Rita.

TOMÁS: Lo sé, señorita. Y ya le tengo dicho y repetido y vuelto a repetir a su señor padre que mientras no faltemos, nada le faltará.

ELVIRA: Y en todo caso yo sabré trabajar...

SOLÓRZANO: ¡Eso... jamás! ¿Trabajar tú? ¡Jamás de los jamases!

ELVIRA: ¡Sí, trabajaré! ¿Es que el trabajo deshonra?

SOLÓRZANO: Según qué trabajo...

ELVIRA: ¿Entonces...?

SOLÓRZANO: Pero ¿en qué vas a trabajar tú, corderita? ¿Y para quién?

ELVIRA: ¿Que para quién...?

SOLÓRZANO: Sí, tú me entiendes, ¿para quién? ¿Quién te va a dar trabajo? ¡No, aquí, en esta isla, no! Poco que se reirían...

TOMÁS: Permítame, señor... No haga caso de risas; ande yo caliente y ríase la gente... Y en cuanto a su hija, mientras vivamos nosotros. . .

SOLÓRZANO: Pero tú, Tomás, tu mujer Rita y yo podemos faltar el mejor día..., no somos ya jóvenes... la vida gasta... la soledad más..., y ésta..., ésta..., ésta sola...

ELVIRA: Y aislada, ¿no es eso?

SOLÓRZANO: ¡Sí, eso es, aislada!

TOMÁS: Me voy, señor, porque veo que se acongoja... Es mejor dejarles.

ELVIRA: Sí, Tomás, déjanos. Yo sosegaré a papá... (Se va Tomás.)

SOLORZANO y su hija ELVIRA

ELVIRA: Pero, padre ¿por qué haces estas escenas y delante de...?

SOLÓRZANO: Tomás es de la familia; no un criado cualquiera..., mejor nosotros sus criados porque él nos cría... Su mujer, Rita, te crió, te dio su leche, la de la hija que perdió, él nos da su sudor y...

ELVIRA: Sí, lo sé. Sé que son ellos los que principalmente nos sostienen; pero a ellos, a sus padres...

SOLÓRZANO: Sí les hicieron los míos. En casa se conocieron, en casa se casaron; pero... ¡no importa! No me deja que duerma esta visión de tu porvenir. Tú sola..., sola..., sola con mi menguada hacienda, que apenas si nos alcanza... y con mis libros, todo el tesoro que te dejo.

ELVIRA: (Acariciándole.) No te acongojes así, papaíto; ya me las compondré. A una mujer sola y acostumbrada al arreglo casero con poco, con muy poco le basta. Haré milagros. ¿Sociedad? ¡La de tus libros: la de la mar! Y quién sabe... acaso salga yo un día, no a caballo, pero sí en un velero, en un corcel de mar, en un clavileño marino, vela al viento del destino, a correr mares, a desfacer entuertos de hombres...

SOLÓRZANO: (Enternecido.) ¡Solórzano..., Solórzano…, Solórzano! ¡Quijotesa! Ése (Señalando el retrato.) fue también, a su modo, un Quijote... ¡Quijotesa!

ELVIRA: Y Quijotesa isleña... marina... Iré, sí, por esos mares de Dios, por esos mares eternamente niños..., eternamente niños…

SOLORZANO: Ya salió la mujercita..., la madrecita...

ELVIRA: Iré, Quijotesa marina, por esos mares eternamente niños, en busca...

SOLÓRZANO: Sí, en busca de tu príncipe encantado, del hombre de tu libro...

ELVIRA: Sí, del hombre de mi libro... el del libro de mi hombre, de mi Tulio, de mi...

SOLÓRZANO: ¡De tu Dulcineo! ¡Ay Quijotesa, Quijotesa!

ELVIRA: ¿Y por qué no? Aquí le tienes. (Le muestra en el libro el retrato de Tulio Montalbán.) ¡Aquí le tienes! ¿Le ves? ¿Sigues creyendo que es una superchería?

SOLÓRZANO: No acaba de convencerme esa historia que ese don Adolfo Jacquetot escribió sobre su yerno Tulio Montalbán... Falta documentación... No hay documentos.

ELVIRA: Pero, ¡mira, papá, óyeme! Había nacido y criádose en una pequeña república americana sometida al rapaz predominio de una fuerte potencia vecina. Vivió vida de campo, al sol y al aire, sin sentirse ni ciudadano ni patriota. Enamoróse perdidamente de una Elvira -¡como yo!-, y siendo aún muy mozo, casi un niño, a los dieciocho, casóse con ella, como a esa misma edad se había casado con su Teresa Simón Bolívar, el Libertador. Y como Bolívar, enviudó también Tulio Montalbán un año más tarde, a sus diecinueve. Bolívar cuentan que decía: "Si no hubiese enviudado, mi vida quizá habría sido otra; no sería el general Bolívar ni el Libertador". Y algo así le ocurrió a Montalbán. La muerte de su Elvira le sumergió en una desenfrenada desesperación. El padre de ella, su suegro, que fue quien luego de muerto él escribió este relato de su vida, como en piadosa ofrenda, cuenta aquí como temieron que acabase a propia mano violenta con su vida. Oye. (Abre el libro y lee en él:) "Bien es verdad que muchas veces le oí hablar a mi pobre hija Elvira del fondo melancólico y aun misantrópico de su marido y de cómo le había oído decir que si aquel temprano amor no le salva, apegándole a la vida, habría acabado, sin saber por qué, suicidándose."

SOLÓRZANO: Pero, ¡cómo manejas tu libro! Ni un pastor protestante su Biblia... Diríase que te lo sabes de memoria...

ELVIRA: Casi y haz cuenta...

SOLÓRZANO: Muy hermoso todo ello, muy romántico, pero ni un solo documento, ni un parte de combate, ni una carta...

ELVIRA: Pero deja que acabe... Lo que le salvó del suicidio, por desesperación al viudo de Elvira Jacquetot, fue el amor de patria. Buscando alimento al fuego que le consumía el corazón, paró mientes en la postración civil de su patria, de la pequeña República en que quiso crear una familia, y se lanzó a redimirla, a emanciparla. Levantó bandera contra los opresores, declaró la guerra a los gobernantes mediatizados, abyectos servidores de la vecina potencia opresora, y se propuso hacer a su patria, patria de verdad y no sólo ficción de ello, de hecho y no de derecho solamente, independiente. La campaña fue una sucesión de heroicos hechos de armas. Aquí tienes, padre, aquí tienes la historia. ¿Por qué no la vuelves a leer, padre?

SOLÓRZANO: No tengo tiempo, te he dicho.

ELVIRA: ¿Que no tienes tiempo?

SOLÓRZANO: No, porque en ese libro no se habla nada de nuestra isla ni se la menciona ni de paso...

ELVIRA: Quién sabe...

SOLÓRZANO: ¿Cómo que quién sabe...?

ELVIRA: Es cierto que ni se la menciona siquiera; pero a mí se me figura estarla sintiendo, a esta isla, a nuestra isla, a mi isla..., ¿te lo digo?

SOLÓRZANO: Dilo, hija.

ELVIRA: ¡Mi ínsula Barataria!

SOLÓRZANO: Ahora, Quijotesa, pasas a Sancha...

ELVIRA: Todo es uno. El hombre podrá ser Quijote o Sancho; la mujer, papaíto, es Quijotesca y Sancha en uno... Nuestro ideal es la realidad...

SÓLÓRZANO: ¡Filósofa estás!

ELVIRA: Es que...

SOLÓRZANO: Calla hija mía, calla...

ELVIRA: Y aquí, en este libro, se cuenta cómo Tulio llevó siempre sobre su pecho, con un escapulario, un retrato de su Elvira y la primera y casi la última carta de amor que le escribiera; cómo era el nombre de Elvira el que invocaba al entrar en los combates; cómo parecía que más que libertar a su patria buscaba libertarse de la vida e ir a juntarse con la que fue su compañera en breve y fugitivo trecho de ella. Oye, padre. (Leyendo:) "Quiero libertar la tierra en que mi Elvira descansa, y cuando sobre ella ondee un pabellón de hombres libres, ya no me quedará sino descansar a mi vez a su lado, mezclados mis huesos con los suyos y hechos un mismo polvo nuestras carnes." Pero no fue así. Porque cuando ya Tulio Montalbán había logrado echar de su patria a los que la tiranizaban, una noche al cruzar un río, se hubo de ahogar en él. Los soldados que le acompañaban dijeron que le enterraron allí cerca; mas el caso es que no ha vuelto a saberse de él...

SOLÓRZANO: Pues te lo repito, hija, ni un documento, ni un solo documento en toda esa historia...

ELVIRA: ¿Y esas proclamas, papá, esas proclamas tan vibrantes y tan hermosas?

SOLÓRZANO: ¡Eso es literatura!

ELVIRA: ¡Pero son documentos!

SOLÓRZANO: Sí, literarios. Mira tú que aquella proclama en que les habla a sus soldados de su Elvira, en que dice: "la patria de mi Elvira" y que hay que libertar la tierra que guarda las cenizas de aquella llama de amor de hogar...

ELVIRA: ¡Hermosísima, papá, hermosísima! ¡Llama de amor de hogar!

SOLÓZANO: Pero eso no es documento.

ELVIRA: ¿Y si le escribió así?... (Mirando al retrato que encabeza el libro.) Si yo hubiese encontrado en mi vida un hombre así... ¿Hombre? ¡No, más que un hombre! Si esta pobre isla fuese una republiqueta vejada y oprimida; si aquí pudiese haber una guerra libertadora; si una tempestad siquiera hubiese echado a estas castas al hombre, así de fuego y de sacrificio, ¡que llama de amor de hogar habría encontrado en mí! Pero hombres así son de otro mundo y acaso en este mismo...

SOLÓRZANO: Ficción de poetas, suegros o no. Que así no se aprende a vivir, hija mía, que así no se hace sino soñar en vano...

ELVIRA: Y ¿qué otra cosa quieres que haga, padre? ¿Quieres que me ponga a buscar novio entre los acomodados de esta pequeña villa o de la isla toda?

SOLÓRZANO: ¡No, eso no, no, no y no!

ELVIRA: ¿No te he dicho que el remedio está en que nos vayamos, en que dejemos esta isla y en ella los huesos de don Diego de Solórzano, los que te tienen preso a ella?

SOLÓRZANO: ¡Él, no! ¡Sus huesos, no!

ELVIRA: ¿Pues qué?

SOLÓRZANO: ¡Su herencia, hija, su herencia! Este mezquino patrimonio, cargado de deudas e hipotecas, que es la muerte de nuestra vida ¡Y si no fuese por mi biblioteca...por mis libros!

ELVIRA: ¡Déjame, pues, con el mío! Con el pueblo, la soledad de nuestro aislamiento... Y algún encanto tendrá éste hasta para otros... ¿Nos has oído hablar, padre, de ese hombre extraño que anda por la isla?

SOLÓRZANO: Sí, parece que desembarcó enfermo y diciendo que no podía continuar la navegación hasta reponerse y que se quedaba aquí. Dicen que se llama Julio Macedo, americano al parecer, finísimo y culto. Sí, sé de él y quiero saber... (Se asoma al balcón como a ver la mar.) Por aquí suele pasar con alguna frecuencia. Mírale allí viene... Trae el aire distraído...

ELVIRA: (Asomándose al balcón.) Aislado…

SOLÓRZANO: Parece preocupado...

ELVIRA: Pero mira, papá que no observe que le observamos. Ya sabes que se dice que en esta muerta ciudadela isleña el fisgoneo es la tarea de cada día, que cuando uno pasa por la calleja solitaria tras de todas las celosías hay pares de ojos atisbándole... Retirémonos, que no nos vea.

SOLÓRZANO: Y que nos vea, ¿qué? Es la novedad de la isla, la novedad histórica. Porque la historia se reduce ahora aquí a estas pequeñas viejas novedades, a estos hechos...

ELVIRA: ¡Aislados!

SOLÓRZANO: ¡Aislados, así es! (Retirándose del balcón.)

ELVIRA: (Mostrando el retrato de don Diego.) ¡Ese si que está aislado!

SOLÓRZANO: ¡No más que el de tu libro!

ACTO SEGUNDO

Un rincón de costa, con un pequeño arenal. Se ve la mar, que ocupa todo el fondo.

ESCENA PRIMERA

ELVIRA, que llega con el libro y se sienta en una roca, frente a la mar.

ELVIRA: ¡Decir que vivo aislada cuando tengo por compañera a la mar! ¡Y al libro, que es otro mar! ¡O mejor a Tulio, a mi Tulio! Mi Dulcineo que dice mi padre. ¿Por qué nací viuda? Porque yo nací viuda, no me cabe duda de ello. En fin, mientras el libro de la mar me arrulla, voy a releer su historia en este otro... (Pónese a leer.)

ESCENA II

ELVIRA y JULIO MACEDO.
Llega Julio mientras ella está absorta en la lectura, y al llegar junto a ella...

MACEDO: ¡Elvira!

ELVIRA: (Sobresaltada.) ¿Eh? ¿Qué? ¿Quién me llama así? ¡Caballero!

MACEDO: No se sobresalte, Elvira. Veo que gusta usted de soñar aquí, en esta isla, donde todos duermen...

ELVIRA: ¿Y en qué lo ha conocido usted, caballero?

MACEDO: ¡Ah!, eso está a la vista. Basta mirarla a usted a los ojos. Esos ojos nacieron para soñar. Y para hacer soñar..., para ser soñados...

ELVIRA: ¡Qué de prisa va usted, caballero!

MACEDO: Es mi marcha, necesito vivir muy de prisa. ¡He perdido tanto tiempo...!

ELVIRA: ¡Pues es usted joven!

MACEDO: Menos que lo parezco. Mas ello importa poco. Sí, tengo prisa...

ELVIRA: ¡Bah!, en cuanto usted se reponga reanudará su viaje…

MACEDO: No llevo viaje.

ELVIRA: ¿Cómo que no?

MACEDO: No, me quedo aquí ya para siempre. Acabo de decidirlo.

ELVIRA: ¿Aquí? ¿Y para siempre? ¿Usted?
MACEDO: Sí, aquí, yo y para siempre. Vine con terribles propósitos de enterrarme en vida pero... ¡Ahora quiero vivir! Quiero saber qué es eso que llaman vida y de que otros gozan…

ELVIRA: No lo comprendo...

MACEDO: Pues me parece que hablo bien claro...

ELVIRA: Y muy derecho, muy a tiro...

MACEDO: Me gusta acortar trámites… Y ahora, ¿me permitirá usted que fuese alguna vez a visitarla?

ELVIRA: Eso es cosa de mi padre, el amo de la casa.

MACEDO: No es sólo a su padre, es a usted a quien deseo hablar, con quien tengo que hablar. Y la verdadera arma de la casa de los Solórzano es usted. Usted es la casa misma.

ELVIRA: Bueno, pero y usted ¿quién es?

MACEDO: ¿Yo? Yo me lamo Julio Macedo.

ELVIRA: ¿Y quién es Julio Macedo?

MACEDO: Y eso, ¿qué importa? Un náufrago..., uno que ha echado la mar a esta isla..., un hombre nuevo que empieza a vivir ahora... uno sin historia... ¿Qué importa quién es Julio Macedo? Este que está aquí y que le habla ahora y le mira y arde por dentro. ¿Le he preguntado yo acaso quién es Elvira Solórzano? Para mí es como si hubiéramos nacido ahora y sin historia. El pasado no cuenta. No tengo pasado; no quiero tenerlo; ahora no quiero sino tener porvenir. Y en esta isla...

ELVIRA: ¿En esta isla? ¿Aislado? ¿Sabe usted lo que es vivir aislados?

MACEDO: ¡Sí, aislado quiero vivir, aislado..., con usted, Elvira! Usted mi isla..., y el mar ciñéndonos.

ELVIRA: ¡Señor Macedo!

MACEDO: ¡Ah!, ¿qué voy de prisa? Ya empecé diciéndole que es mi modo. Además, va más de prisa la juventud. Conque ¿podré visitarla?

ELVIRA: ¿Y para qué?

MACEDO: ¿Para qué? ¿Para qué? ¡Para vivir! Y usted irá conociéndome; usted irá sintiendo quién es, o mejor quién va a ser Julio Macedo; usted me irá haciendo...

ELVIRA: Pero su historia...

MACEDO: ¡Yo no tengo historia, Elvira! (Silencio.)

ELVIRA: Bueno, señor Macedo, hablaré con mi padre.

MACEDO: ¡Y yo también!
ELVIRA: ¿Qué quiere decir eso?

MACEDO: Nada; que espero ganar la confianza de don Juan Manuel, y de usted..., el corazón.

ELVIRA: ¿Y con qué seguridad habla?

MACEDO: Es también mi modo, Elvira.

ELVIRA: Ni que se tratara de un Don Juan Tenorio, de un conquistador de raza... Llegar, ver y vencer, ¿no es así?

MACEDO: ¡No es así, no, Elvira, sino llegar, ver y ser vencido! Yo no soy conquistador, sino conquistado. Un náufrago de la vida...

ELVIRA: ¿Y con qué derecho...?

MACEDO: No es cuestión de derecho, Elvira.

ELVIRA: ¡Y dale con Elvira!

MACEDO: ¿No me será permitido ni siquiera darle ese nombre dulce como la leche de la madre en la boca del niño enfermo? Que así es mi boca, como la de un niño y de un niño enfermo. ¡Ser niño!

ELVIRA: ¿Es que le gustaría volver a la niñez?

MACEDO: ¿A la niñez? ¡Más allá, mucho más allá!

ELVIRA: ¿Cómo más allá?

MACEDO: ¡Sí, más allá de la niñez, más allá del nacimiento!

ELVIRA: ¡No lo comprendo!

MACEDO: Sí, me gustaría volver al seno materno, a su oscuridad y su silencio y su quietud...

ELVIRA: ¡Diga, pues, que a la muerte!

MACEDO: No, a la muerte, no; eso no es la muerte. Me gustaría "desnacer", no morir...

ELVIRA: Y por eso...

MACEDO: ¡Sí, por eso! ¡Un amor así, como el que busco, me valdría lo mismo! ¡Volver a la niñez!

ELVIRA: ¿Y no le parece, señor Macedo...?

MACEDO: Llámeme Julio, se lo suplico...

ELVIRA: ¿Y no le parece Tulio...?

MACEDO: (Sobresaltado al oírse llamar Tulio.) ¿Eh? ¿Qué?

ELVIRA: Digo, Julio...; ¿no le parece, Julio, que la mar es como la niñez, una niñez eterna? ¿No siente junto a ella, hundiendo en ella con la mirada el alma, que se hace niño, que nos hacemos niños? ¿No siente...?

MACEDO: Siga, Elvira, siga...

ELVIRA: De aquí salimos. Nuestro primer padre no fue Adán, fue Noé. ¡Y la humanidad acabará en un arca, los que queden, la última familia, y hundiéndose en la mar...! Y la mar es la historia.

MACEDO: No, no; la contrahistoria. En ella se hunde la historia. ¿No conoce aquellas estrofas de Lord Byron, el poeta de la mar?

ELVIRA: ¡No las he de conocer... ! "Los siglos han pasado sin dejar una arruga sobre tu frente azul; despliegas tus olas con la misma serenidad que en la primera aurora..."

MACEDO: ¡Poeta... también!

ELVIRA: ¿Querrá decir poetisa?

MACEDO: No, sino poeta, mujer poeta, no poetisa..., no me gusta eso de poetisa... Hombre poeta, mujer poeta...

ELVIRA: ¿Y es que no hay en los hombres algo que corresponda a eso que usted llama, con tanto desdén, poetisa?

MACEDO: Sí, los machos que yo llamaría..., "poetos".

ELVIRA: ¿Cómo?

MACEDO: "Poetos".

ELVIRA: Tiene gracia...

MACEDO: Ellos son los que no la tienen. Y, como le digo, poeta es común de dos...

ELVIRA: ¿Quiere decir que el poeta y la poeta no tienen sexo?

MACEDO: ¡Están sobre él! ¡Y usted es para mí mi poeta, es decir, creadora, madre! La madre no tiene sexo. Me está creando y recreando como la mar... ¡Y nada de poetisa!

ELVIRA: Quijotesa me llama mi padre.

MACEDO: Más bien quijote..., mujer poeta y mujer quijote. . . Pero prefiero a Sancha...

ELVIRA: Así me llama otras veces mi padre.

MACEDO: ¡Sancha, Sancha, Sancha de hogar!...
ELVIRA: ...marino.

MACEDO: ¡Sea! ¡De hogar infantil y antihistórico!

ELVIRA: Bueno, caballero. Dejemos ahora esto, que ahí viene mi ama.

MACEDO: ¿Rita?

ELVIRA: ¿La conoce usted?

MACEDO: Conozco ya a toda su familia..., empezando por su padre.

ESCENA III

Dichos y RITA.

RITA: Buenos días, caballero; buenos, hija...

MACEDO: Buenos. ¿Viene usted a quitármela?

RITA: ¿Quitársela? ¿Es que la ha conquistado ya? ¡Vaya con el caballerete!

ELVIRA: ¡Es una broma de este caballero, ama!

MACEDO: ¡Yo no gasto bromas!

RITA: Bien, sea, lo que fuere, vengo a decirte, hija, que tu padre te llama.

MACEDO: Eso es despedirme. Pero yo iré a verlos, porque necesito verlos..., lo necesito.

RITA: Y yo no veo inconveniente en que usted venga a casa del señor. Aunque aquí, en la isla, nadie le conozca, su sola presencia le abona.

MACEDO: (Emocionado.) Usted ha sido madre, señora...

RITA: Y haga cuenta que lo soy.

MACEDO: Claro, cuando una mujer se hace madre de verdad es para siempre.

RITA: Pues sí, se le ve la dignidad y la hombría de bien en el porte.

MACEDO: Gracias, madre, gracias.

ELVIRA: ¡Y aquí, en esta isla, la hospitalidad es religión!

MACEDO: Es que yo busco otra cosa que hospitalidad..., digo, no; hospitalidad, sí, hospitalidad..., que viene de hospital...
RITA: ¿Es que se siente enfermo?

MACEDO: Y no otra cosa, señora enfermo de vida..., enfermo de ensueño...

RITA: (Aparte.) ¡Buena pareja!

ELVIRA: Pues ahí tiene la mar...

MACEDO: Cierto; es su arrullo un canto brizador para el último sueño de la pobre humanidad doliente. Aquí vendrá a dormirse para siempre el linaje de Noé...

RITA: ¡Y qué bien habla este señor, Elvira! Si parece un libro...

MACEDO: No, no señora no soy un libro, soy un hombre... Y no hablo yo…, es que habla en mí... (Silencio. A Elvira.) Decía usted...

ELVIRA: Oía a la mar...

MACEDO: ¡Oír a la mar...! Pero pecho a pecho..., mi corazón en ella... (Al oído de Elvira.) ¡En ti..., corazón de la Tierra! ¿Volveré a oírla?

ELVIRA: ¿A quién? ¿A mí? (Silencio.) Puede venir a nuestra casa cuando guste... (Silencio.)

MACEDO: ¿Decía usted más. ..?

ELVIRA: No decía más..., miraba esa concha...

MACEDO: (Se adelanta y la recoje.) Es una casa vacía..., vacía y sin puerta. El pobre animalito que la habitó se ha fundido en la mar donde naciera. Queda aquí, en la arena, su casa, o mejor este cadáver de casa... ¿Sabe, Elvira, lo que es un cadáver de casa?

RITA: (Aparte.) ¡La de los Solórzano!

MACEDO: ¿Sabe lo que es?

ELVIRA: Sé tantas cosas que no quisiera...

MACEDO: Y yo quiero tantas cosas que no sé. ¡Un cadáver de casa! Y este cadáver de casa, esta pobre conchita -¡mírela, mírela, han quedado en ella, en franjas, como huellas de encendidas oleadas!-, esta pobre conchita, aquí, en la arena, se hará arena... Esta pequeña playa es un cementerio de casas vacías....

RITA: ¿No le oyes, Elvira?

ELVIRA: ¡Sí, le oigo y ... me oigo!

MACEDO: Y oímos a la mar, que arrulla el sueño de las disueltas casas vacías... Porque las casas, como los que las habitaron sueñan... ¿Sueña su casa, Elvira? Sueña la casona de los Solórzano?

ELVIRA: ¡Sueña y... duerme!

MACEDO: ¡Pues yo iré a despertarla!

RITA: ¡Dios le bendiga, hijo!

MACEDO: ¡Usted, como madre, bendita siempre!

ELVIRA: Ya le he dicho que venga cuando guste.

MACEDO: Iré. (Se guarda la concha.)

ELVIRA: Qué, ¿se la guarda?

MACEDO: Es mi amuleto ya...

ELVIRA: Venga, le repito, cuando le plazca...

MACEDO: Iré, pues. Adiós. (señalando a la mar.) A Dios. (Vase.)

RITA: ¡Qué hombre! ¡Parece un hombre de libro! ¡Como ese tuyo!

ELVIRA: No digas esas cosas, ama. ¡Pues no hay diferencia de uno a otro! Éste (señala al libro.), el hombre de esta historia...

RITA: ¿Y sabes si este otro la tiene?

ELVIRA: ¡Quia!

RITA: ¿Y si la tuviese...?

ELVIRA: Como éste, como éste que se murió por su patria..., no! ¿Por su Elvira, luchando en pro de la libertad de su pueblo...?

RITA: Sí como éste no se ha muerto aún no tiene historia. Por lo visto, para tener historia es preciso haberse muerto... Por algo suelen decir cuando uno se muere: "Ése..., ya pasó a la historia!" Mírale, mírale cómo se va, orilla de la mar y como hablando con las olas... Y de cuando en cuando se vuelve, como distraído, a mirarnos..., a mirarte...

ELVIRA: Es que va oyendo a las olas...

RITA: ¡Va repitiéndose lo que te ha oído... lo que le has dicho Y..., lo que no le has dicho!

ELVIRA: El pobre...

RITA: ¿Quién más pobre, Elvira?

ELVIRA: ¡Cállate, Rita!

RITA: Pero vamos a casa, que a tu padre no le gusta esperar...

ELVIRA: Pues esperando vive...

RITA: Como todo el mundo. Y vámonos, vámonos...

ELVIRA: Espera a que le perdamos de vista... Mira: ya desaparece tras de aquellas rocas...

RITA: Sí, y se irá a su posada y...

ELVIRA: ¡Pobrecito!

RITA: Mira bien, Elvira, recapacita... Acaso este hombre es providencial y ha caído en la isla como llovido del cielo, aquí, donde tan raro llueve... Fíjate, mira que no podemos durar, que cualquier día vas a quedarte sola...

ELVIRA: ¿Más sola?

RITA: ¡Sí, más sola! ¡Al hombre le abona su presencia; le basta con ella...! ¡Y el oírle hablar como habla! Un hombre que habla así, que dice esas cosas, y, sobre todo, un hombre que se queda en esta isla y por ti...

ELVIRA: ¿Por mí?

RITA: ¡Sí, por ti! Un hombre que se queda en nuestra isla por ti no necesita más recomendación. Repara. Elvira... Qué, ¿no me oyes?

ELVIRA: Oía a la mar...

RITA: Sí, es lo que suele decirse: "¡Le oigo como quien oye llover!" y tú: "¡Como quien oye a la mar!" Pues tendrás que oírme, Elvira, tendrás que oírme. Y ahora óyeme esta historia. Siendo yo moza tuve una amiga que requerida de amores se venia acá, a este mismo lugar, y viendo venir y morir las olas se decía: "Me quiere..., no me quiere..., me quiere..., no me quiere..."

ELVIRA: ¡Como las que deshojan margaritas..., donde las hay!

RITA: Sí, la mar era su margarita y las olas sus hojas...

ELVIRA: Pero éstas no se acaban nunca..., a la mar no se la deshoja...

RITA: ¡Es verdad!

ELVIRA: ¡Hojas, hojas, hojas! ¡Hojas de margarita... hojas de mar..., hojas de libro!
RITA: Sí las hojas de ese libro te tienen encantada..., y éste ha venido a desencantarte...

ELVIRA: ¡Cállate, sirena!

RITA: ¡Qué gracia! ¿Sirena... yo? ¿Yo... sirena?

ELVIRA: Cállate y no digo...

RITA: ¡Dilo, hija, ,dilo!

ELVIRA: No, no lo digo... ¡Cállate! Quiero oír a la mar..., quiero hojearla..., deshojarla... (Silencio.)

RITA: ¿Qué te dice?

ELVIRA: (Mirando a lo lejos.) ¿Se perdió ya de vista?

RITA: ¡Para mí..., sí!

ELVIRA: Pues vámonos a casa...

RITA: Sí oyéndola...

ELVIRA: "Me quiere..., no me quiere..., me quiere..., no me quiere..."

RITA: ¡Calla, calla! ¡Oigámosla! (Vanse y se oye el rumor de la mar.)

ACTO TERCERO

La casa de los Solórzano

ESCENA PRIMERA

SOLÓRZANO y RITA

RITA: Pues sí, señor amo, le dije que usted decía que puede pedir cuanto quiera, que la vieja casa de los Solórzano estaba abierta para él...

SOLÓRZANO: Y no te dijo si le interesaba...

RITA: Sí, no oculta que lo que le interesa es Elvira; pero me dijo que le gustaría saber de esta isla en que vive, en que se va a quedar a vivir, acaso a morir. "¿Y dónde mejor que aquí en esta casa, en la librería de usted y hablando con usted para conocer la isla?"

SOLÓRZANO: Me place..., me place que venga... Y yo a mi vez deseo conocerle; interrogarle, sondearle... Porque se me ha metido una idea en la cabeza.. .

RITA: ¿Cuál?
SOLÓRZANO: Nada..., nada... Este hombre y el otro hombre, el del libro...

RITA: Pero si aquél se murió, señor...

SOLÓRZANO: Quién sabe..., quién sabe...

RITA: ¡Bah!, cavilaciones. Además, este señor Macedo conoce ya la manía de la pobre Elvira...

SOLÓRZANO: ¿La conoce?

RITA: ¿Y quién no en la isla? Y como él, por mucho que se aísle, vive en ella... La conoce y me ha hablado de esa manía...

SOLÓRZANO: ¿Y qué te dijo, qué?

RITA: Me dijo que era una enfermedad de la pobre Elvira y que él se prometía curársela...

SOLÓRZANO: ¿Eso te dijo?

RITA: ¡Eso! El hombre me parece un excelente partido...

SOLÓRZANO: Quién sabe...

RITA: Si usted le hubiera oído lo que el otro día le dijo a Elvira tomando en la mano una concha de la playa de Bahía Roja... Comparó a la concha con una casa vacía y sin puerta, y dijo que luego se hace arena...

SOLORZANO: ¡No repitas esas cosas, Rita!

RITA: Pues yo le he oído hablar al señor de esos caracoles vacíos donde, arrimándolos al oído, se oye el rumor de la mar...

SOLÓRZANO: ¡El de la historia! Pero vienen los sabios -¡siempre los sabios!- y nos dicen que es el rumor de la circulación de la sangre en el pabellón de la oreja...

RITA : ¡Qué cosas se oyen!

SOLÓZANO: ¿Conque te dijo que se prometía curar a mi Elvira de la enfermedad de su libro?

RITA: ¡Eso me dijo!

SOLÓRZANO: Entonces es que sabe que esa historia es fábula... ¡En todo caso..., que venga! ¡Aquí llega Elvira, vete!

ESCENA II

SOLÓRZANO Y ELVIRA.

ELVIRA: Buenos, padre.

SOLÓRZANO: Buenos, hija. Y ya sabes que esperamos a don Julio Macedo. Que yo aquí, para entre nosotros sigo con la sospecha de que ni es Julio ni es Macedo...

ELVIRA: Claro, como no te ha presentado los documentos que lo justifiquen...

SOLÓRZANO: Yo insisto en que podría ser...

ELVIRA : ¿Quien? ¿Él? ¿Él? ¿Montalbán? ¡Tonterías! ¿Crees tú que si fuese él no le habría yo reconocido en cuanto se dirigió a mí la primera vez? ¡En seguida! No, no; ni se parece al retrato que figura al frente del libro ni... Y, en todo caso, de ser él, habríamelo dicho al punto el corazón...

SOLÓRZANO: Vamos, sí, que te habrías enamorado de él locamente a las primeras miradas.

ELVIRA: ¡Claro está! Y lejos de haberme enamorado el hombre se me despega..., yo no sé..., le tengo miedo... El caso es que cuando me está ausente llego hasta a desear volver a verle, tenerle a mi lado, pero así que ya le tengo ya quisiera escaparme de él... No sé lo que me pasa... Y ese misterio... ¡No él no es; no puede ser!

SOLÓRZANO: En todo caso, si no es tu Montalbán se me ha metido en la cabeza que él sabe de Montalbán... Tengo mis indicios para esta sospecha.. Y si ésa es historia: verdadera o es fábula...

ELVIRA: Pero ¿cómo va a ser fábula, padre?

SOLÓRZANO: ¡Bueno, bueno, cállate... quijotesa!

ELVIRA: ¡Sólo a ti se te ocurre dudar de ellos; sólo a ti se te ocurre dudar de que sea historia verdadera una tan hermosa! ¡Malditos documentos!.

SOLÓRZANO: Ésas son cosas de teatro.

ELVIRA: Las cosas de teatro son las de más verdad, padre. ¿O crees que es más verdadero lo que hacen y dicen todos esos patanes que nos compadecen?

SOLÓRZANO: ¡Bien, bien, basta! Y ahora, en cuanto llegue, y, antes de ponerme yo al habla detenida con él -ya sabes que desea conocer la historia de nuestra isla, ¿y dónde mejor que aquí?-, antes que departamos, sondéale...

TOMÁS: ¿Se puede?

SOLÓRZANO: ¡Entra, Tomás!

TOMÁS: Ese señor Macedo que viene a visitarles...

SOLÓRZANO: ¿Qué aire trae?

TOMÁS: El de siempre...: ensimismado...

ELVIRA: (Aparte.) Aislado.

TOMÁS: ¿Qué le digo?

SOLÓRZANO: ¡No le hagas esperar, que pase!

ESCENA IV

SOLÓRZANO, ELVIRA y MACEDO

MACEDO: (Entrando.) ¡Salud y paz a esta casa!

SOLÓRZANO: ¡Y a usted que viene a honrarla!

ELVIRA: ¡Bien venido, señor Macedo!.

MACEDO: (Mirando al libro que tiene bajo la mano Elvira.) ¡Bien hallada! ¡Ah aquí al fin, se respira hogar!

SOLÓRZANO: ¡E historia, señor Macedo, historia!
MACEDO: ¿Historia? ¿Para qué? ¡Basta el hogar! El hogar y la historia están reñidos entre sí...

ELVIRA: Pues éste, señor Macedo, es un hogar de historia; aquí no se respira sino historia. Vea ese retrato que lo preside.

MACEDO: ¡Un retrato!

ELVIRA: ¡Sí, un retrato!

MACEDO: Vamos..., un muerto...

SOLÓRZANO: ¡Un muerto inmortal!

MACEDO: No hay otra inmortalidad que la de la muerte, señor Solórzano: ¡Llámela historia!

ELVIRA: De ella vive mi padre.

SOLÓRZANO: Es más, me dijeron que al solicitar usted ser recibido en esta pobre casa -¡pobre, pero rica de historia!- ha sido para conocer la historia de esta isla.

MACEDO: Su inmortalidad...

SOLÓRZANO: Para empaparse en ella.

MACEDO: Cabal, pero...

SOLÓRZANO: Sí, ya lo sé. Y ahora me permitirá que le deje algún tiempo con mi hija, necesito anotar ciertas ideas que acaban de ocurrírseme... Usted sabe lo que es esto... Cuando de repente le hiere a uno una idea, hay que ponerla por escrito al punto, en caliente... No hay que detenerse...

MACEDO: ¡Lo sé, lo sé, señor de Solórzano, lo sé! ¡No hay que detenerse, cabal! ¡Y por mí no se detenga usted!

SOLÓRZANO: Le dejo, pues, con mi hija.

MACEDO: Gracias. (Se va Solórzano.)

ESCENA V

MACEDO y ELVIRA.

MACEDO: Ya sé, Elvira, que ese libro le tiene sorbido el seso.

ELVIRA: ¿Hay en ello mal?

MACEDO: Siempre hay mal en enamorarse de un ente de ficción, de un fantasma...

ELVIRA: ¿Ente de ficción? ¿Fantasma? ¿Es que no fue real Tulio Montalbán?

MACEDO: No lo sé...; pero creo que no es real ningún tipo que anda en libros, sean de historia o novelas.

ELVIRA: ¿Ninguno?

MACEDO: ¡Ninguno! Sólo son reales los hombres de carne y hueso y sangre.

ELVIRA: ¿Cómo...?

MACEDO: ¡Como yo! Y por eso le dije, Elvira, que no importaba cuál es mi historia. Mi vida, mi verdadera vida ha empezado hace poco, y en cuanto a historia..., ¡no quiero tenerla!
ELVIRA: Pero ¿es que no ha vivido usted antes? ¿No tiene pasado?

MACEDO: ¿Yo? ¡No..., no! (Señalando por el balcón a la mar.) Mi pasado es ése..., la niñez eterna...

ELVIRA: (Levantándose y yendo a mirar la mar.) La niñez eterna... (Volviéndose.) Dejemos a la mar y...

MACEDO: ¡A la historia!, ¿no es eso?

ELVIRA: ¡A la historia! Y bien, ¿quién es usted? Otra vez, ¿quién es?...

MACEDO: El que estoy aquí, el que la está sorbiendo con los ojos y el corazón...

ELVIRA: ¿Puedo preguntarle algo de su vida, de su historia pasada?

MACEDO: Ya le tengo dicho que no tengo pasado; soy un nuevo... Noé. Acabo de nacer. ¿Y qué importa mi pasado? ¿No tiene aquí mi presente? Si un rey es hombre, verdadero hombre, hombre natural, ¿sabe cuál ha de ser su supremo anhelo?

ELVIRA: ¿Cuál?

MACEDO: Poder de cuando en cuando retirarse a un rincón remoto, acaso a una choza de pastor serrano y encontrar allí una pobre pastora que le quiera sin saber quién es, sin saber que es rey, ignorando que haya reyes en el mundo.

ELVIRA: Pero usted en ese pasado de que reniega, vivió...

MACEDO: Soñé que vivía...

ELVIRA: Soñó que vivía y conoció a otras personas...

MACEDO: Soñé que las conocía...

ELVIRA: Soñó que las conocía... ¿Y puedo preguntarle, ya que no por usted mismo, por alguno de los que soñó conocer?

MACEDO: Pregunte y yo sabré responder... o silencio o verdad.

ELVIRA : ¿Conoció usted a Tulio Montalbán? (Silencio.) ¿Le conoció usted? (Silencio.) ¿Le conoció usted?, diga...

MACEDO: ¡Sí, le conocí!

ELVIRA: ¿Mucho?

MACEDO: Mucho. Éramos del mismo lugar. Del mismo tiempo, nos criamos juntos; juntos hicimos la campaña por libertar a la patria...

ELVIRA: Y bien (Se incorpora, apoyando la mano temblorosa en el libro.), ¿murió Montalbán?
MACEDO: Sí, murió.

ELVIRA: ¿Cómo? ¿Se ahogó? ¿Se suicidó?

MACEDO: Fue muerto.

ELVIRA: ¿Quien le mató? (Silencio.) ¿Quién le mató? La verdad, la verdad que me ha prometido, ¿quién le mató? (Silencio.) ¡Ah, usted le mató, Macedo, usted le mató..., usted!

MACEDO: ¡Sí, yo le maté; yo, Julio Macedo, maté a Tulio Montalbán!

ELVIRA: ¡Caín! ¡Caín! ¡Vete! ¡Vete y no vuelvas..., vete! Por algo me aterraba tu presencia..., por algo no me sentía tranquila a tu lado..., por algo... (Elvira retrocede.)

MACEDO: (Cogiéndole de un brazo.) No, tú no me has huido; tú me has buscado, pero no a mí. Yo maté, sí, a Tulio Montalbán, o al menos creí dejarle muerto, pero fue cara a cara, noblemente, a orilla de uno de los ríos sagrados de la patria, en una noche de luna llena... Luchamos como luchan dos hermanos que sirven causas contrarias, noble, pero sañudamente, como acaso lucharon, diga lo que quiera la Biblia, Caín y Abel, y le dejé por muerto como pudo él haberme dejado a mí...

ELVIRA: ¿Y por qué? ¿Por envidia también?

MACEDO: No, sino porque él, el libertador de la patria, iba a convertirse fatalmente en su tirano. Que allí es así...

ELVIRA: ¿Y qué más podía apetecer aquella patria que tener semejante tirano, un amo así?

MACEDO: ¡Tú acaso, mi patria no! Mi patria no debe aceptar tiranos. ¡La que se ha dejado tiranizar por él, luego de muerto, por un fantasma, por un tipo de libro, eres tú! (La suelta del brazo.)

ELVIRA: Ah, ¿sientes celos?

MACEDO: ¡Sí, siento celos! ¡Me devoran los celos! No puedo soportar que lo que debió ser mío, lo que sería mi paz, mi vida, algo como un dulce seno materno en vida, me lo robe..., ese..., ese del libro..., ese que creí dejar muerto. Vine acá, a esta isla, buscando la muerte o algo peor que ella; te conocí, sentíme resucitar a nueva vida, a una vida de santo aislamiento; soñé en un hogar que hubiese de ser, te lo repito, como un claustro materno -"y bendito el fruto de tu vientre..."-, cerrado al mundo, y he vuelto a encontrarme con él..., con él...

ELVIRA: ¿Es que no le dejó bien muerto, acaso?

MACEDO: Puede ser. ¿Y ahora?

ELVIRA: Ahora vete, vete y no vuelvas. Si no eres Tulio Montalbán, mi Tulio, eres por lo menos algo tan grande como él...

MACEDO: ¿Entonces?

ELVIRA: No basta la grandeza.
MACEDO: ¿Y ése... qué más tiene?

ELVIRA: ¡Ah, con él...!

MACEDO: Se hace historia, ¿no es eso?

ELVIRA: ¡Vete, he dicho, vete! Que grito si no; que llamo... Que va a oírme.

MACEDO: ¿Hasta la mar?

ELVIRA: ¡Hasta la mar! ¡Váyase! (Macedo se retira lentamente; queda mirando a la mar y se enjuga una lágrima.)

ELVIRA: ¿Llora?

MACEDO: ¡De rabia!

ELVIRA: Váyase..., le perdono, pero váyase... Le perdono...

MACEDO: Pero yo no me perdono... ¡Adiós! Mas tú me llamarás, tú tendrás que llamarme, estoy seguro de ello; tú tendrás que llamar al matador de Tulio Montalbán..., a que te desencante, a que te haga ver..., a que despierte a tu corazón amodorrado por esa cabecita loca...

ELVIRA: ¿Y si no le llamo?

MACEDO: Si no me llamas...

ELVIRA: ¿Qué?

MACEDO: Me llamaré yo. ¡Adiós, Elvira!

ELVIRA: ¡Adiós!

ESCENA VI

ELVIRA sola.

Me decía el corazón que si éste no era Tulio, mi Tulio, mi ángel, era algo tan grande como él, aunque en el mal... Y es mi demonio... (Contemplando el retrato del libro.) ¡No, no es él..., ha dicho verdad! "Me quiere..., no me quiere...; me quiere, no me quiere..." Pero (Escuchando.) ha encontrado a mi padre. Se despiden. ¿Qué se dirán? Veamos.

ESCENA VII

SOLÓRZANO y ELVIRA.

SOLÓRZANO: (Entrando.) Pero ¿qué ha pasado, hija? ¿Qué ha sido ello? Porque sacaba una cara... ¿Qué ha sido?

ELVIRA: Que he tenido que despedirle, padre, que despacharle...

SOLÓRZANO: ¿Pues? ¿Se ha propasado?

ELVIRA: No, no se propasó; no habría podido propasarse. Es, a pesar de todo, un caballero...

SOLÓRZANO: A pesar de todo... ¿Entonces?

ELVIRA: Que le he arrancado su secreto, padre, que le he arrancado su secreto.

SOLÓRZANO: ¿Es él?

ELVIRA: (Pausa.) No; pero es algo tan grande como él. Y no me preguntes más, no quiero saber más...

SOLÓRZANO: ¿Cómo? ¿Yo? ¿Un historiador?

ELVIRA: Y padre.

SOLÓRZANO: Como historiador y como padre.

ELVIRA: No puedo verle, no debo verle, no quiero verle... Es, a lo menos, un renegado... Me da miedo...

SOLÓRZANO: Me parece que estás ya enamorada...

ELVIRA: ¿Yo? ¿De él? ¿De ese renegado?

SOLÓRZANO: Sí, tú, de él, de Julio Macedo...

ELVIRA: Quién sabe... Pero no, no puedo, no debo, no quiero ser suya. Hay en su vida un terrible secreto, un misterio que amargaría los nuestros. No puedo llegar a ser de Julio Macedo.

SOLÓRZANO: Pero como amigos...

ELVIRA: ¡No; o todo o nada!

SOLÓRZANO: ¿Y te lo reveló?

ELVIRA: Sí, me lo reveló. Y ese secreto fatídico ha abierto un abismo entre los dos... para siempre...

SOLÓRZANO: ¿Para siempre? Quién sabe... Porque ese abismo te atrae.
ELVIRA: Y porque me atrae no puedo mirarle, no debo mirarle..., no debo entregarme al vahído..., he de seguir dueña de mí misma...

SOLÓRZANO: ¡Dueña de ti misma...! No lo eres ya... más embrujada que antes..., primero por el hombre del libro, ahora por el de la mar. Mas como no podemos hacer que se vaya, que se vuelva a la mar de donde vino, como no podemos despacharle de la isla como tú le has despachado de esta casa...

ELVIRA: Él se irá.

SOLÓRZANO: Y si no se va ¿qué le vamos a hacer?

ELVIRA: Tú, padre, no lo sé; pero yo, si él signe aquí, en la isla, si no se va, no podré ya salir de casa -¡de casa!-, porque no quiero, no puedo, no debo encontrarme con él. Me quedaré aquí enclaustrada, "encasada"...

SOLÓRZANO: Más que aislada...

ELVIRA: ¡Y más que soltera! Isla u hogar solitario, ¿qué más da? Me quedaré aquí, contemplando a la mar y releyendo mi historia, la de mi Montalbán...

SOLÓRZANO: ¿Y él?

ELVIRA: ¿Quién..., él?

SOLÓRZANO: ¿Macedo, él?

ELVIRA: Es cuenta suya. Pero acá, a casa, no puede volver. Si quieres hablar con él de historia, hazlo fuera, junto a la mar, no aquí. Dejadme en mi claustro, con mi Tulio, con nuestro don Diego, "encasada", te digo hasta que me entierren o... me "enmaren"...

SOLÓRZANO: ¿Qué es eso?

ELVIRA: Me hundan en la mar.

SOLÓRZANO: Por palabras te ha dado...

ELVIRA: Son hojas... las hojas, padre, las hojas

ACTO CUARTO

ESCENA PRIMERA

SOLÓRZANO y TOMÁS.

SOLÓRZANO: ¿Y qué quiere?

TOMÁS: Pide una segunda, una última entrevista...
SOLÓRZANO: En estos días..., desde aquella visita fatal... ¡Y cómo está mi Elvira desde entonces! Ni duerme ni descansa. Ese hombre la persigue en sueños.

TOMÁS: Dice Rita que no hace sino llorar.

SOLÓRZANO: Este hombre nos ha traído a casa…

TOMÁS: ¡Historias!

SOLÓRZANO: ¿Más historia?

TOMÁS: Dice mi Rita que Elvira por las noches se arrebuja en la cama y se tapa los ojos con las sábanas, para no verle, y que cree oír los pasos de él por la calleja.

SOLÓRZANO: ¿De veras?

TOMÁS: ¡Y es verdad! Porque de noche ese hombre ronda la calleja. Y alguna vez ella, la pobrecita, ha llegado a asomarse tras de los cristales y ha estado a punto de llamarle. Pero es lo que parece que ella dice a mi Rita: "Cómo quieres que le llame después de lo que pasó y de lo que supe?, ¡imposible!" Y no dice qué es lo que pasó ni qué es lo que supo, pero está en que no puede llamarle. Es así como punto de honra.

SOLÓRZANO: ¡Claro, una Solórzano!

TOMÁS: Y habla del secreto del secreto, del misterio del misterio, y la pobre se desmedra y encanija, se aja aquí, sin sol, y si esto sigue va a concluir mal.

SOLÓRZANO: Sí, desde que lo despachó ese hombre me la tiene embrujada. Y como esto debe acabar, está bien que vuelva. Ya la he convencido de que vuelva a recibirle delante de mí, los tres solos, y a que se expliquen.

RITA: ¿Se puede?

SOLÓRZANO: Entra, Rita. ¿Qué hay?

RITA: Ese hombre...

SOLÓRZANO: Dile que entre. ¡Y vámonos! (Queda la escena sola.)

ESCENA II

Entra MACEDO, se queda un momento contemplando el retrato de DON DIEGO; luego se va al libro de la "Historia de Tulio Montalbán"; lo hojea y se queda mirando el retrato del héroe. Ahoga un sollozo. Cierra el libro y lo deja sobre la mesilla de labor de ELVIRA. Se dirige hacia el balcón y contempla la mar respirando fuertemente. Repara en un caracol marino, lo toma, y aplicándoselo al oído.

MACEDO: ¡Cómo me canta la sangre! ¡Tengo fiebre! ¡Fiebre de vida! ¡Fiebre de muerte! ¿O será la voz de la mar, como dicen los poetas? ¡Pero... oigo sus pasos! (Deja el caracol a punto que entran Solórzano y su hija Elvira.)

ESCENA III

SOLÓRZANO, ELVIRA y MACEDO. Al entrar se hacen una profunda reverencia muda. SOLÓRZANO cierra el balcón y luego le hace a MACEDO, con un ademán, indicación de que se siente. MACEDO rehúsa.

MACEDO: No, que estoy de prisa. Lo que he de decirles por despedida es bien poco y prefiero decirlo en pie. Es postura de caminante y de combatiente.

ELVIRA: ¿Es que viene de combate, señor Macedo?

MACEDO: ¡Es mi trágico sino, señorita!

ELVIRA: ¡Pues al entrar le sorprendimos oyendo en ese caracol... a la mar!

MACEDO: ¡No; oyendo en esa casa vacía... a mi sangre!

SOLÓRZANO: Discusiones entre poetas y científicos, a que los historiadores no hacemos caso. Los historiadores queremos historia, que no es ni poesía ni ciencia.

MACEDO: ¿Está usted seguro?

SOLÓRZANO: Segurísimo. ¡Y en todo caso usted dirá!

MACEDO: Sí, yo diré. Y digo que yo fui Montalbán. (Pausa.)

SOLÓRZANO: ¿No te lo decía yo, hija mía?

ELVIRA: Y me lo decía yo misma a solas y callandito. Pero, entonces, ¿por qué renegó de sí mismo? ¿Por qué aquella historia?

MACEDO: ¿Historia? ¡Eso es lo terrible! Aquella historia que te (Apoyando el tuteo.)

conté, Elvira, era y sigue siendo verdadera. Te prometí silencio o verdad. Y era verdad lo que te dije. Por lo menos, así lo creí.

ELVIRA: ¿Aquello de la lucha y la muerte?

MACEDO: Sí, en aquella noche trágica, junto al río más sagrado de mi patria, creí haber dado muerte a Tulio Montalbán, al de la historia, para poder vivir fuera de ella, sin patria alguna, desterrado en todas partes, peregrino y vagabundo, como un hombre oscuro, sin nombre y sin pasado. Hice jurar a mis fieles soldados que guardarían el secreto de mi desaparición haciendo creer en mi muerte y entierro, y huí... ¿Adónde? Ni lo sé.

SOLÓRZANO: ¿No te decía yo, hija, que jamás me convenció el relato de aquella muerte no documentada? ¿Lo oyes?

MACEDO: Y erré, más muerto que vivo, huyendo de mí mismo, de mis recuerdos, de mi historia... Todo mi pasado no era para mí más que un sueño de madrugada, una pesadilla más bien. Sólo me faltó el valor supremo, el de acabar del todo con Tulio Montalbán. No quise dejar ni un retrato. Mas no pude acabar con ellos ni que mi pobre suegro publicase... eso. (Señalando el libro.) ¿Retrato? ¿Para qué? Se comprende el de ése (Señalando al de Ron Diego), que dejó descendientes de sangre que pueden contemplarlo... ¿y quien sabe si su espíritu está desde él contemplándoles a ustedes?

SOLÓRZANO: ¿Lo cree usted?

MACEDO: ¡Es tan extraño este mundo... y el otro! Los que parecemos de carne y hueso no somos sino entes de ficción, sombras, fantasmas, y ésos que andan por los cuadros y los libros y los que andamos por los escenarios del teatro de la historia somos los de verdad, los duraderos. Creí poder sacudirme del personaje y encontrar bajo de él, dentro de él, al hombre primitivo y original. No era sino el apego animal a la vida, y una vaga esperanza... Pero ahora..., ahora sí que sabré acabar con el personaje!

ELVIRA: ¡Tulio!

MACEDO: ¿Tulio? ¿Tulio o... Julio?

ELVIRA: ¡Es igual!

MACEDO: ¡No, no es igual! Y me has llamado; has invocado el nombre, uno u otro, pero el nombre; no me has tomado, al hombre, al animal si quieres. Y éste sobra... ¡No, no te me acerques, no me toques! Todo lo que hagas o digas ahora será mentira, nada más que mentira! Eres una mentira, una mentira que se miente a sí misma... ¡Llegué acá, a esta isla, decidido a enterrarme en ella vivo y te vi! (Pausa.) ¡Te vi..., te vi y sentí resucitar al que fui antes de mi historia, antes de esa fatídica historia que ha contado ese hombre que hizo el libro de mi vida, que me hizo libro; sentí revivir al oscuro mancebo que se casó a los dieciocho años con su Elvira! ¡Volví a encontrar a mi Elvira!... ¡Cómo te pareces a ella! Pero ¡sólo de cuerpo, no de alma! Porque aquel bendito ángel de mi hogar fugitivo apetecía el silencio y la oscuridad y buscaba el aislamiento y jamás soñó con que su nombre resonara en la historia unido al mío. Esta resonancia posterior fue obra de su pobre padre, el que te ha vuelto el seso. Mi pobre Elvira sólo anhelaba pasar inadvertida y yo hacer de mi hogar un claustro materno y vivir en él como si no viviese. ¡Porque le tengo a la vida un miedo loco!

ELVIRA: Pues quédate, Tulio, y viviremos aquí; yo contigo. ¡Seré tuya!

MACEDO: ¿De Tulio o de Julio, otra vez?

ELVIRA: De quien quieras.

MACEDO: ¡No, de quien yo quiera..., no! ¡Tú eres del otro, no de mí! ¡Tú eres del nombre! Te vi, sentíme resucitar, creí que había resucitado mi Elvira, la mía, te busqué y me encontré con el que creí haber matado y que te había vuelto loca; me encontré con el de ese libro fatal. Y tú, que amabas -¿amar?- con la cabeza, cerebralmente, a Tulio Montalbán, no podías amar con el corazón, carnalmente si quieres, a un náufrago sin nombre. Todo tu empeño fue conocer mi pasado cuando yo venía huyendo de él. ¡Y ni me conociste! Prueba que era tu cabeza, cabeza de libro, y no tu corazón, el enamorado...
ELVIRA: ¿Y por qué no me lo dijiste?

MACEDO: ¿Para qué? ¿Para que te hubieras rendido a Tulio Montalbán, que venía buscando olvido, silencio, oscuridad y aislamiento y lo hubieras arrastrado otra vez a la historia? No, no...

ELVIRA: Pero yo... ¡Mira Tulio: óyeme y perdóname, perdóname, perdóname! Aquí, ante mi padre, ante Dios, te lo pido de rodillas. ¡Tulio, Tulio, perdón! ¿Por qué me cegué? ¿Por qué? ¿Por qué no dejé oír la voz del corazón?

MACEDO: ¡Porque no le tienes, sino cabeza!

ELVIRA: ¡Tulio, Tulio, no me atormentes así!

MACEDO: ¡No, no tienes corazón! El corazón se te ha secado en el aislamiento y entre estos libros.

SOLÓRZANO: (Que había permanecido sentado, cabizbajo y coma ausente.) Los libros, señor mío...

MACEDO: ¿Los libros? ¡Dejemos ahora a los libros y a los retratos! ¡Yo no soy un hombre de libro ni de retrato! ¡Y no, Elvira -¡este nombre me quema los labios!-, no tienes corazón!

ELVIRA: (Acercándosele y cogiéndole de una mano.) ¡Mira, Tulio: perdóname!

MACEDO: (Retirando la mano.) Sí, y que nos demos las manos y que aquí, frente a la mar, ante el retrato de Don Diego, ¡gran conquistador!, tu padre bendiga nuestra unión, ¿no es así? Y que yo cargue...

SOLÓRZANO: ¡Caballero!

MACEDO: ¡Y tratar así a un hombre!

MACEDO: Viene de la mar..., haga cuenta que montado en un delfín fantástico... Y tú, Elvira (Dirigiéndose a un ser ausente.), pálida sombra de mi sueño de ayer mañana, de cuando resucité.

ELVIRA: ¡Tulio, Tulio, Tulio...!

MACEDO: ¿Eh? ¿Esa voz? Pero no, no; no es la suya..., no es la tuya, Elvira mía... Esta voz suena a libro, a papel... Cuando tú (Dirigiéndose a Elvira de Solórzano.) me hablas de tu amor parece que recitas, parece una lección bien aprendida... Ella no me habló de su amor nunca..., ella me envolvía, contra su pecho, con su silencio... Y aquel silencio era verdad y tu voz es mentira... Era ella como la mar y como la mar vivió, sin conocerse, en niñez eterna... Ni sé si aprendió a leer... Y apenas si hablaba... balbucía... Era verdad, y tú, mentira...

ELVIRA: No, verdad, verdad, Tulio.

MACEDO: ¡No, no, no! ¡Ah, mi Elvira, mi Elvira, la mía..., ¿mía?, la del que fui... ¡Ah, mi Elvira, ya sé donde estás! Perdóname por haberte confundido. Tú, tú supiste santificar mi oscuridad con tu aliento..., en tu regazo, en tus brazos, hallé un claustro materno... ¡Tú, mi Elvira, que ni apenas sabías leer, leías en mis ojos, Elvira mía!

ELVIRA: Sí, yo, tu Elvira...

MACEDO: ¡No, tú no! ¡Tú no! Tú eres la del libro, ¡quítate de ahí! No; tú no te habrías sacrificado a mantener por siempre oculto mi nombre, a guardar mi secreto.

SOLÓRZANO: Que usted, señor mío, acaba de romper.

MACEDO: Es que ahora ya no importa que usted lo sepa y hasta, como historiador que es, lo propale. Ahora ya... ¡Basta y adiós, que tengo prisa! (Repara en el libro, lo coje y lo tira al suelo.)

SOLÓRZANO: Pero ¡hombre, tratar así a un libro!

MACEDO: ¡Y tratar así a un hombre!

SOLORZANO: Un libro es sagrado...

MACEDO: ¡Más sagrado soy yo! ¿O es que cree usted que mi imagen es más que yo?

SOLÓRAZANO: Es historia...

MACEDO: ¿Y yo qué soy? ¿Qué soy yo, Elvira?

ELVIRA: Tú, mi Tulio, tú... mira...

MACEDO: (Recogiendo el libro del suelo y entregándoselo a Elvira.) ¡Toma mi cadáver! (Reponiéndose) Mas..., perdóname, no he sabido lo que me hacía ¡Esto que he hecho con el pobre libro -¡qué culpa tiene!- es indigno de mí! Perdóneme, señorita, perdone que haya maltratado así a su...

ELVIRA: Pero si te estoy diciendo...

MACEDO: Sí, sí, me he precipitado, me he apresurado al entregarle mi cadáver...

ELVIRA: No diga eso...

MACEDO: ¡Presagios!

SOLÓRZANO: Cállese, por Dios, señor Macedo, cállese...

MACEDO: Sí, voy a callarme y para siempre. ¡Adiós! (Volviéndose). ¡Ah, bien me decía el corazón que olvidaba algo!... (Saca la concha y se la da a Elvira.) ¿La recuerda? ¿Recuerda aquel cadáver de casa que recogí en las arenas de Bahía Roja? ¡Tómela! ¡Guárdela en recuerdo mío!

ELVIRA: Pero...

MACEDO: ¡Tómela, he dicho! ¡Y... adiós!

ELVIRA: ¡Padre! ¡Padre! ¡Deténle! ¡No le dejes salir...; mira que sé adónde va!

SOLÓRZANO: Pero ¿es que voy a retenerle aquí para siempre, hija?
MACEDO: Sí, sabe adónde voy..., sabe que voy en busca de mi Elvira, de la mía, sabe que voy a la mar de donde vine..., a mi Elvira... ¿Cómo pude creer que hubiera otra que ella? No, Elvira mía, no; como eres eterna eres sola... No hay más que un solo amor verdadero..., el primero..., el que nació de la niñez..., el que un hombre virgen cobra a una virgen... ¡Y mi Elvira, señorita, fue virgen..., virgen de hombres y de libros!

SOLÓRZANO: ¿Qué quiere usted decir, caballero?

MACEDO: ¡Lo que he dicho, ni más ni menos! ¡Y ahora otra vez..., adiós! ¡A Dios! (Vase lentamente, mas al llegar a la puerta se vuelve.) Y guarda ese libro, Elvira, guárdalo... ¡Adiós por último! (Permanece callado y sin irse.)

SOLÓRZANO: ¡Que penoso es esto, caballero!

MACEDO: Sí, es penoso decidirse... ¡Cuánto cuesta morir! ¡Y la mar tan tranquila! Como si no pasase nada... Adiós, Elvira, adiós. (Sale como huido.)

ESCENA IV

SOLÓRZANO y ELVIRA. Se abrazan.

ELVIRA: ¿No oyes a la mar, padre?

SOLÓRZANO: No, hoy no..., está tranquila...

ELVIRA: ¿No oyes a la mar? ¿No oyes su gemido?

SOLÓRZANO: No, no le oigo.

ELVIRA: Oye, ...escucha..., espera...

SOLÓRZANO: No te pongas así, hija.

ELVIRA: Espera ...oye... ¡Ay!, ¿no has oído?

SOLÓRZANO: ¿Es que ha sonado un tiro? (No debe oírse nada en escena, como si sólo Elvira y su padre lo hubiesen oído.)

ELVIRA: Sí, y es él, él..., ahí abajo..., en el portal... ¡Ahora sí que le ha matado a Tulio Montalbán!

SOLÓRZANO: ¡Voy a verlo!

ELVIRA: ¡Yo no, no..., no quiero verlo! (Solórzano se va.)

ELVIRA. Sola, que se pasea agitada y escuchando lo que pasa afuera. Se detiene un momento junto al retrato de DON DIEGO. Luego coge el libro, que le tiembla en la mano, y lo arroja horrorizada. Se queda mirando a la mar. Después saca la concha y la contempla.

ELVIRA: Vacía, vacía, vacía..., sin puerta ya...; y se hará arena sobre la que deshojará el mar sus olas. Qué pesadilla!

RITA: (Entrando.) ¡Abajo yace!

ELVIRA: Pero...

RITA: Sí para siempre... (Se abrazan, sollozando.)

RITA: ¡En su pecho llevaba un escapulario y un retrato..., éste! (Elvira lo mira y rompe a llorar.)

Dichos y SOLÓRZANO, entrando con TOMÁS.

SOLÓRZANO: Ya hay, Elvira, en nuestro hogar, en el portal de nuestra casa, hasta ahora limpio y honrado, una mancha de sangre..., ¡sangre! Y ahora hay que coger ese maldito libro y echarlo a la mar... ¡Pero no!, quemarlo..., quemarlo..., quemarlo...

ELVIRA: ¿Y por qué no también ese retrato? (Señalando el de Don Diego.)

SOLÓRAZANO: Acaso... Y los libros todos... ¡Hay que quemarlo todo!

ELVIRA: Pero aquí me ahogo. (Va y abre el balcón que da a la mar.)

SOLÓRZANO: ¡Hay que quemarlo todo..., todo! ¡Acaso habría que quemar la isla! ¡Que resucite el volcán! ¡Quemarlo todo..., todo..., todo! ¡Quemar la historia!

ELVIRA: ¡Menos la mar, padre! ¡Mírala! ¡Como si no hubiese pasado nada! ¡Como si no hubiese historia! ¡Mírala! Mientras haya mar no habrá aislamiento... ¿Y no sería lo mejor echar a ese hombre a la mar, de donde vino? ¡Qué pesadilla!

SOLÓRZANO: ¡Después de quemarle!

ELVIRA: ¿Para qué? ¡Mírala, padre, mírala! ¡Es como si no hubiese pasado nada!

FIN "SOMBRAS DE DE SUEÑO"